Abuela

por **Arthur Dorros**

ilustrado por **Elisa Kleven**

traducido por **Sandra Marulanda Dorros**

PUFFIN BOOKS

PUFFIN BOOKS
Published by the Penguin Group
Penguin Books USA Inc., 375 Hudson Street, New York, New York 10014, U.S.A.
Penguin Books Ltd, 27 Wrights Lane, London W8 5TZ, England
Penguin Books Australia Ltd, Ringwood, Victoria, Australia
Penguin Books Canada Ltd, 10 Alcorn Avenue, Toronto, Ontario, Canada M4V 3B2
Penguin Books (N.Z.) Ltd, 182-190 Wairau Road, Auckland 10, New Zealand

Penguin Books Ltd, Registered Offices: Harmondsworth, Middlesex, England

First published simultaneously in English and Spanish under the title *Abuela* by
Dutton Children's Books, a division of Penguin Books USA Inc., 1995
Published in Puffin Books, 1997

28 29 30

THE LIBRARY OF CONGRESS HAS CATALOGED THE DUTTON EDITION AS FOLLOWS:

Dorros, Arthur. [Abuela. Spanish]
Abuela/por Arthur Dorros; illustrado por Elisa Kleven;
traducido por Sandra Marulanda Dorros.–I. ed. en Espanol. p   cm.
Summary: While riding on a bus with her grandmother,
a little girl imagines that they are carried up into the sky
and fly over the sights of New York City.
[1. Imagination—Fiction. 2. Flight—Fiction. 3. Hispanic Americans—Fiction.
4. Grandmothers—Fiction. 5. New York (N.Y.)—Fiction.]
I. Kleven, Elisa, ill. II. Title. PZ7.D7294Ab 1991
[E]—dc20   90-21459 CIP AC
ISBN 0-525-45438-1

Puffin Books ISBN 978-0-14-056226-2

Manufactured in China

A mis abuelas y Alex
—A.D.

Para mis sobrinos, Sam, Joey, Jacob,
Andrew, Sean, Todd, Harry, y Scott
—E.K.

Mi abuela me lleva en el autobús
a recorrer toda la ciudad.

Ella es la madre de mi mamá.
En inglés "abuela" se dice *grandma*.
Ella habla español porque es la lengua
que hablaba la gente del lugar donde nació
antes de que ella viniera a este país.
Mi abuela y yo siempre visitamos diferentes lugares.

Hoy vamos a ir al parque.

—El parque es lindo —dice mi abuela.

Yo sé por qué lo dice.

Yo también creo que el parque es hermoso, *beautiful*.

So many birds.
—Tantos pájaros —dice mi abuela
mientras una bandada nos rodea.
Los pájaros recogen el pan que les hemos traído.

¿Y qué tal si los pájaros me alzaran
y me llevaran volando
por encima del parque?
¿Qué pasaría si yo volara?
Mi abuela se preguntaría dónde estoy y,
bajando en picada como un pájaro,
yo la saludaría.

Entonces ella me vería volar.

—Rosalba, el pájaro —me diría. *Rosalba, the bird.*

—Ven, Abuela. *Come, Abuela* —la invitaría.

—Sí, quiero volar —respondería ella
mientras saltaba hacia las nubes
con la falda ondeando al viento.

Volaríamos por toda la ciudad.

—¡Mira! —señalaría mi abuela con el dedo.

Y yo observaría todo al elevarnos
sobre parques y calles, perros y gente.

Saludaríamos a las personas que esperan el autobús.

—Buenos días —les diríamos.

—Buenos días. *Good morning* —nos responderían.

Volaríamos sobre fábricas y trenes...

y descenderíamos cerca del mar
hasta casi tocar
las crestas de las olas.

Su falda sería una vela
y Abuela competiría con los veleros.
Apuesto a que ella ganaría.

Llegaríamos a los muelles y veríamos
a la gente que descarga frutas
de esa tierra donde mi abuela se crió.
Mangos, bananas, papayas: son palabras
que también se usan en inglés,
al igual que rodeo, patio y burro.
A lo mejor veríamos a un primo
de mi abuela
mientras engancha las cajas
de fruta a una grúa.
Una vez vimos a su primo Daniel
cargar y descargar los barcos.

Más allá de los barcos del puerto
veríamos La Estatua de la Libertad.
—Me gusta —diría mi abuela.
A mí me gusta también.
Daríamos vueltas alrededor
de "La Libertad" y saludaríamos a los visitantes.
Mi abuela recordaría el momento
en que ella llegó a este país.

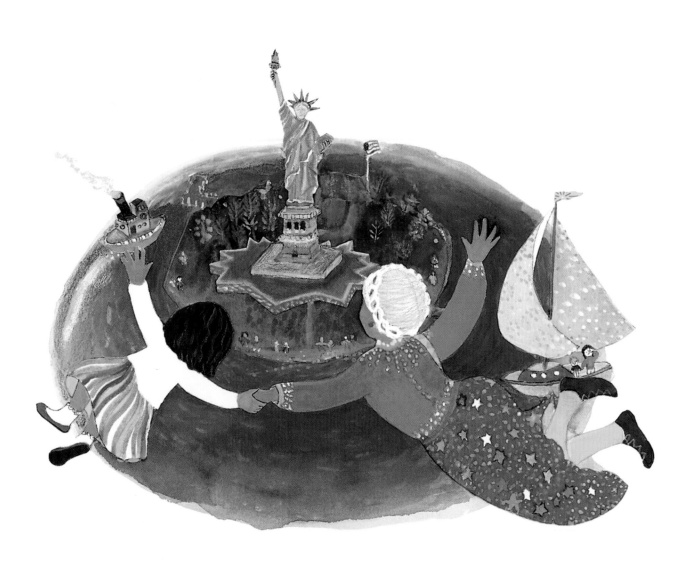

—Vamos al aeropuerto —diría ella,
y allá me llevaría, adonde
aterrizó el avión que la trajo
por primera vez.
—¡Con cuidado! —me advertiría Abuela.
Y nos agarraríamos del avión
para dar un paseíto.

Después volaríamos a la tienda del tío Pablo
y de la tía Elisa.
Él es mi tío, *my uncle,*
y ella es mi tía, *my aunt.*
Se sorprenderían al vernos entrar volando,
pero luego nos ofrecerían una limonada refrescante.
Volar nos da mucho calor.
—Pero quiero volar más —diría Abuela.
Ella y yo queremos seguir volando.

Podríamos volar a las nubes, *the clouds*.
Una parece un gato, *a cat*.
Otra parece un oso, *a bear*.
Y ésta parece una silla, *a chair*.
—Descansemos un momento —diría
mi abuela.
Nos sentaríamos en la silla de nubes
y ella me tomaría en sus brazos.
Todo el cielo es
nuestra casa, *our house*.

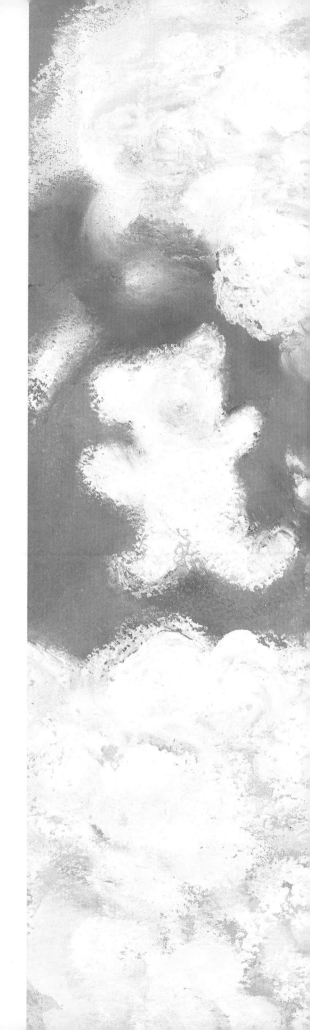

Estaríamos tan alto como los aviones,
los globos y las aves,
mucho más arriba que los edificios del centro.
Pero hasta allí volaríamos
para echar un vistazo.

Podríamos encontrar el edificio
donde trabaja mi papá.

—Hola, Papá —*Hi, Dad*, le diría yo saludándolo,
y Abuela daría una voltereta al pasar por las ventanas.

—¡Mira! —le oigo decir a mi abuela.
Look, me está diciendo.

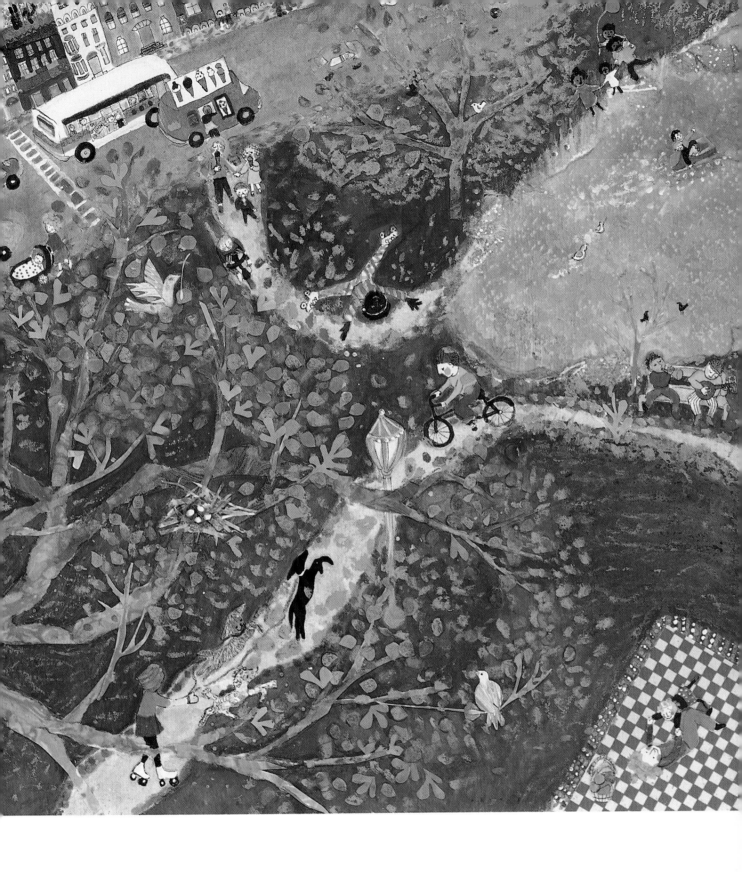

Y cuando miro,
ya estamos de regreso en el parque.

Ahora caminamos por el lago.
Abuela quiere tal vez remar en un bote.
—Vamos a otra aventura —me dice.
Let's go on another adventure.
Esa es una de las cosas que me encantan
de mi abuela: le fascinan las aventuras.

Abuela me toma de la mano.
—¡Vamos! —me invita.

Arthur Dorros

vivió en Nueva York en donde disfrutaba de observar la ciudad desde el tejado de su edificio. Le fascina el gran número de personas en Estados Unidos que conservan fuertes lazos con sus orígenes étnicos, pues "tienen la riqueza de dos culturas y de dos lenguas."

El Sr. Dorros es el autor de *Tonight Is Carnaval* (en español bajo el título de *Por Fin es Carnaval*) y de otros aclamados libros para niños, entre ellos *Alligator Shoes,* seleccionado por Reading Rainbow. Actualmente vive en Seattle, Washington, con su esposa Sandra y su hijo Alex.

Elisa Kleven

es la autora e ilustradora de *Ernst.* También ilustró *B Is for Bethlehem* de Isabel Wilner, considerado como "sobresaliente", según la reseña de *Booklist* por sus "atractivas y originales ilustraciones" con su "vitalidad folclórica" y "su estilo juvenil." La Sra. Kleven vive en Albany, California.